Sommaire

NB : les mots accompagnés d'un * dans le texte sont
expliqués dans « Mots et expressions », en page 61.

L'œuvre et son auteur

La petite Cendrillon est bien malheureuse. La nouvelle épouse de son père l'oblige à faire le ménage tandis que ses sœurs vont au bal. Heureusement, la tante de la jeune fille, une bonne fée, va lui permettre de rencontrer le prince et de l'épouser...

Les fées ne sont pas toujours gentilles. En voici une qui condamne une princesse à dormir cent ans. Un prince viendra la réveiller...

Charles Perrault naît à Paris en 1628. Après d'excellentes études au collège de Beauvais à Paris, il devient avocat en 1651. Il abandonne bientôt le barreau[1] pour aider son frère aîné, receveur général des finances de Paris. En 1663, il entre au service de Colbert et devient son homme de confiance. Il s'occupe de l'administration des bâtiments du roi. En 1671, il est élu à l'Académie française. En 1687, en publiant son poème, *Le Siècle de Louis le Grand*, il lance la célèbre querelle des Anciens et des Modernes : il défend le point de vue des écrivains modernes et s'oppose à Boileau. En 1697, il publie ses premiers contes *(Contes de ma mère l'Oye)* sous le nom de son fils Perrault d'Armancour. Il meurt à Paris en 1703.

---

1. La profession d'avocat.

Principaux personnages

Voici les principaux personnages des *Contes* de Perrault que vous allez lire.

Le Petit Chaperon Rouge
Le Petit Chaperon Rouge : une petite fille très jolie qui porte un chapeau rouge. À l'époque, on appelait un chapeau, un chaperon.

Les souhaits ridicules
Blaise : le bûcheron. Il rencontre le dieu Jupiter, qui lui accorde trois vœux.
Fanchon : la femme de Blaise.

Cendrillon
Cendrillon : son père est un seigneur. Sa mère est morte. Elle met souvent les pieds dans la cendre encore chaude de la cheminée. C'est de là que vient son nom.

La Belle au bois dormant
La Belle au bois dormant : c'est une princesse qui va dormir pendant cent ans.

Barbe bleue
Anne : c'est la sœur de la nouvelle femme de Barbe bleue.
Barbe bleue : c'est un homme très riche. Il s'est déjà marié plusieurs fois et toutes ses femmes ont disparu. Personne ne sait où elles sont.

Le Petit Poucet

Le Petit Poucet : fils d'un bûcheron très pauvre. Quand il est né, il était grand comme un doigt (le pouce), c'est pourquoi, on l'a appelé le Petit Poucet.

Le chat botté

Le chat botté : c'est le chat très intelligent de Monsieur de Carabas. Il porte des bottes pour aller à la campagne, d'où son nom.

Monsieur de Carabas : c'est un faux nom que le chat botté donne à son maître. Ainsi, tout le monde croit qu'il est riche et noble. En réalité, son père est meunier et il n'a pas du tout d'argent.

Peau d'âne

Peau d'âne : c'est une princesse. Sa mère est morte. Pour échapper à son père qui veut l'épouser, elle doit se déguiser. Elle porte donc la peau d'un âne. Ainsi, tout le monde croit qu'elle est pauvre.

Le Petit Chaperon Rouge

Il était une fois, dans un village, une petite fille qui était très jolie. Sa mère et sa grand-mère l'aimaient beaucoup.

Un jour, sa grand-mère lui donne un petit chaperon (comme on disait autrefois, c'est-à-dire un petit chapeau). Ce chapeau, de couleur rouge, va très bien à la petite fille. Tout le monde l'appelle le Petit Chaperon Rouge.

Un beau matin, sa mère fait des gâteaux et lui dit :

– Ta grand-mère est malade. Va la voir et apporte-lui un gâteau et ce petit pot de beurre.

Le Petit Chaperon rouge part aussitôt pour aller chez sa grand-mère qui habite dans un autre village. En passant dans la forêt, elle rencontre Monsieur le Loup*, tout noir, avec des yeux jaunes.

Le Loup a très envie de la manger, mais il n'ose pas [1], parce que des bûcherons coupent des arbres à côté. Il lui demande où elle va. La petite fille ne sait pas qu'il est dangereux de parler à un loup. Elle lui dit :

– Je vais voir ma grand-mère. Je lui apporte un gâteau et un petit pot de beurre.

– Est-ce qu'elle habite très loin ? demande le Loup.

---

1. Ne pas oser : avoir peur (de faire quelque chose).

– Oh ! oui, répond le Petit Chaperon Rouge. C'est plus loin que le moulin qui est là-bas...

– Eh bien, dit le Loup, moi aussi, je veux aller voir ta grand-mère. Je m'en vais par ce chemin, et toi, tu prends cet autre chemin. Nous verrons qui arrivera le premier !

Le Loup se met à courir de toutes ses forces par le chemin le plus court. La petite fille s'en va par le chemin le plus long et s'amuse à cueillir des fleurs, à écouter les oiseaux...

Le Loup arrive le premier à la maison de la grand-mère. Il frappe : toc, toc.

– Qui est là ?

– C'est votre petite-fille, dit le Loup, en imitant la voix du Petit Chaperon Rouge. Je vous apporte un gâteau et un petit pot de beurre.

La bonne grand-mère, qui est dans son lit, crie au Loup :

– Entre ma fillette ! entre !

Le Loup ouvre la porte, se jette sur la vieille dame et la mange aussitôt, car il n'a rien pris depuis trois jours. Ensuite, il ferme la porte, il se couche dans le lit de la grand-mère et il attend le Petit Chaperon Rouge...

Un peu plus tard, le Petit Chaperon Rouge frappe à la porte : toc, toc.

– Qui est là ?

D'abord, la petite fille a peur de la grosse voix du Loup, mais elle croit que sa grand-mère est enrhumée [1] et elle répond :

– C'est votre petite fille. Je vous apporte un gâteau et un petit pot de beurre.

Le Loup répond d'une voix douce :

– Entre ma fillette ! entre !

---

1. Être enrhumé(e) : avoir mal à la gorge.

Elle est très étonnée de voir cette drôle de grand-mère en chemise de nuit.

Le Petit Chaperon Rouge ouvre la porte.

Le Loup la voit entrer. Il se cache sous la couverture et lui dit :

– Pose le gâteau et le petit pot de beurre sur la table et viens te coucher avec moi !

Le Petit Chaperon Rouge se déshabille et va se mettre dans le lit. Elle est très étonnée de voir cette drôle de grand-mère en chemise de nuit. Elle lui dit :

– Grand-mère, que vous avez de grands bras !

– C'est pour mieux t'embrasser, ma petite-fille !

– Grand-mère, que vous avez de grandes jambes !

– C'est pour mieux courir, mon enfant !

– Grand-mère, que vous avez de grandes oreilles !

– C'est pour mieux écouter, mon enfant !

– Grand-mère, que vous avez de grands yeux !

– C'est pour mieux voir, mon enfant !

– Grand-mère, que vous avez de grandes dents !

– C'est pour te manger !

En en disant ces mots, le méchant Loup se jette sur la petite fille et la mange.

MORALITÉ

Faites attention, mesdemoiselles :
Les loups les plus aimables
Sont les plus dangereux.

Les souhaits ridicules

Il était une fois un bûcheron* qui était très malheureux.

Un jour, il rentre du travail, fatigué, et il pense :

« Je ne peux plus continuer à vivre ainsi. Les dieux n'écoutent jamais mes prières. J'aime mieux mourir ! »

Tout à coup, Jupiter [1] descend du ciel. Le bûcheron a très peur, il crie :

– Non, non ! Je ne demande rien ! Je ne veux pas mourir !

Jupiter, le maître du monde, répond :

– N'aie pas peur ! J'ai entendu tes prières ! Fais trois souhaits et je vais les réaliser. Qu'est-ce qui peut te faire plaisir ? De quoi as-tu besoin ? Réfléchis bien avant de parler !

Puis, Jupiter remonte au ciel.

Le bûcheron est très heureux. Il met sa hache [2] sur son épaule et rentre chez lui. Sur la route, il chante. En même temps, il se dit :

« Je dois réfléchir : je dois parler à ma femme ! »

Il entre dans sa pauvre maison :

– Fais du feu, Fanchon ! Prépare un bon repas. Nous sommes riches pour toujours ! Il suffit de faire trois souhaits !

Et le bûcheron raconte l'histoire à sa femme.

Fanchon fait mille beaux projets, mais elle est prudente :

– Blaise, mon cher ami, dit-elle, n'allons pas trop vite ! Attendons demain pour le premier souhait !

– Je suis d'accord avec toi, répond Blaise. Mais,

---

1. Jupiter : dieu des Romains, autrefois.
2. Hache : outil pour couper les arbres.

va d'abord chercher du vin. Nous allons fêter la fin de nos malheurs.

Fanchon revient avec une bouteille. Blaise boit, il s'assoit près du feu. Il se repose. Il se sent bien :

– Quel bon feu ! Ah ! si nous pouvions manger une belle saucisse[1] longue comme le bras !

Aussitôt sa femme voit une longue saucisse posée par terre, et qui s'approche d'eux comme un serpent.

Fanchon pousse un cri. Elle comprend que son mari a dit une bêtise. Elle est en colère :

– Comment ! Tu peux avoir un château, de l'or, de l'argent ! Et tu demandes une saucisse !

– Oui, tu as raison ! C'est une erreur ! Je ne recommencerai pas !

– Ah ! vraiment, tu es un idiot.

L'homme est en colère contre sa femme et il pense :

– Quel malheur d'être marié ! Ah ! si cette saucisse était attachée au nez de ma femme !...

Le souhait est aussitôt réalisé par Jupiter et la femme a maintenant un mètre de saucisse au bout du nez.

Blaise est furieux. Fanchon était jolie et, maintenant, elle est devenue laide. Il réfléchit :

– Que faire ? Être roi ? Mais quelle tristesse pour ma femme : être reine avec un nez d'un mètre de long ! Il faut que je lui demande son avis !

Blaise interroge donc Fanchon :

– Veux-tu devenir reine avec ce nez affreux ou bien préfères-tu rester femme de bûcheron avec ton vrai nez ?

– Écoute, Blaise ! Je sais qu'on trouve toujours beau le nez d'une reine, mais j'aime mieux être pauvre et jolie que reine et laide !

---

1. Saucisse : viande vendue en charcuterie.

Alors, Blaise fait son dernier souhait et il retrouve sa jolie femme.

Ainsi, le bûcheron restera pauvre et ne sera pas roi.

MORALITÉ

Il faut réfléchir avant de parler,
Surtout quand on fait un souhait.

Cendrillon

Il était une fois un seigneur qui avait une femme et une fille belles, douces et gentilles.

Mais la femme meurt et le seigneur se marie avec une autre femme. Elle est méchante et elle a deux filles, aussi méchantes que leur mère.

La deuxième femme n'aime pas la fille de son mari.

Elle lui dit :

– Tu vas laver la vaisselle ! Tu vas nettoyer ma chambre et la chambre de mes filles ! Tu vas coucher au grenier !

La pauvre fille a un lit très dur. Les deux sœurs ont une belle chambre et un lit confortable. La jeune fille ne dit rien à son père, car il est toujours d'accord avec sa femme.

Quand elle a fini son travail, elle s'assoit près du feu et met les pieds dans la cendre encore chaude. On lui donne le nom de Cendrillon. Sa robe est sale et vieille. Les deux sœurs sont toujours bien habillées. Pourtant Cendrillon est la plus belle.

Un jour, le fils du roi fait une fête. Il invite toutes les grandes dames du pays. Les sœurs de Cendrillon sont invitées aussi. Elles sont très contentes. Avec leurs belles robes et leurs beaux chapeaux, elles se préparent longtemps avant la fête.

Cendrillon aide ses sœurs à s'habiller, mais elle est triste.

La plus vieille des sœurs dit :

– Je mettrai ma robe rouge !

La plus jeune des sœurs dit :

– Moi, je mettrai ma jupe ordinaire, mais j'aurai mon manteau à fleurs d'or !

Les deux sœurs interrogent Cendrillon en riant :

– Cendrillon, est-ce que tu veux aller à la fête ?

– Hélas, mesdemoiselles, vous n'êtes pas gentilles ! Vous savez que c'est impossible !

– Oui, tu as raison ! Cendrillon à la fête, c'est impossible !

Cendrillon sourit, car elle n'est pas méchante.

Enfin, le jour de la fête arrive. Les deux sœurs quittent la maison. La tante de Cendrillon voit la jeune fille pleurer :

– Pourquoi pleures-tu ?

Cendrillon pleure trop ; elle ne peut pas répondre :

– Je veux..., je veux...

La tante de Cendrillon est une fée* et elle comprend tout :

– Tu veux aller à la fête ! Eh bien, tu vas y aller !

La fée conduit Cendrillon dans sa chambre et elle lui dit :

– Va dans le jardin et apporte une citrouille* !

Cendrillon ne comprend pas, mais elle va chercher la plus grosse citrouille du jardin.

La fée touche la citrouille avec sa baguette magique* et la citrouille devient un beau carrosse*. Ensuite, la fée touche avec sa baguette les six petits chats de la maison qui deviennent six beaux chevaux gris.

Maintenant, la fée demande à Cendrillon :

– Comment faire un cocher* ?

Cendrillon répond :

– Je vais aller chercher un gros chat : il sera le cocher !

– Tu as raison ! Va chercher un chat !

Cendrillon apporte vite à la fée un gros chat avec de longues moustaches. La fée touche le chat avec sa baguette et, à l'instant, il devient un gros cocher.

Cendrillon va chercher la plus grosse citrouille du jardin.

Alors, la fée dit à Cendrillon :

– Est-ce que tu es prête pour la fête ? Est-ce que tu es contente ?

– Oh ! oui, ma tante, mais... Regardez ma robe : elle est vieille et sale ! Je ne peux pas danser avec ces vêtements !

Tout de suite, la fée touche la robe de Cendrillon avec sa baguette. La robe sale devient une belle robe d'or et d'argent. La fée donne enfin à Cendrillon deux jolies petites chaussures de verre.

Cendrillon monte dans son carrosse et la fée lui dit :

– Amuse-toi, mais tu dois revenir ici avant minuit. Si tu rentres après minuit, les choses seront comme avant : ton carrosse deviendra une citrouille, les chevaux deviendront des petits chats et ta belle robe deviendra une vieille robe sale.

Cendrillon dit à la fée :

– Je rentrerai avant minuit !

Et elle s'en va à la fête. Elle est très heureuse.

Cendrillon arrive au château du roi. Au milieu de toutes les femmes, c'est elle la plus belle. On dit au fils du roi :

– Prince, une jolie princesse est là !

Le fils du roi prend la main de la belle étrangère. La musique s'arrête. Les invités ne dansent plus. Tous regardent en silence la jeune fille que personne ne connaît. Tous disent :

– Ah, qu'elle est belle ! Qu'elle est élégante !

Le fils du roi demande à Cendrillon :

– Voulez-vous danser avec moi ?

Cendrillon danse très bien. Ensuite, il y a un grand repas, mais le fils du roi ne mange rien, car il regarde Cendrillon.

Les deux sœurs ne reconnaissent pas Cendrillon. Celle-ci s'assoit à côté d'elles et elle est très aimable.

Mais le temps passe rapidement. Cendrillon

demande l'heure. Il est presque minuit. Elle se lève et s'en va très vite.

Quand elle arrive à la maison, sa tête est encore pleine du beau rêve qu'elle vient de vivre. Elle remercie la fée et lui demande :

– Le fils du roi m'invite à la fête de demain. Est-ce que je pourrai y aller ?

La fée répond avec un sourire :

– Oui, tu peux aller demain à la fête ! Mais va t'assoir près du feu, parce que tes sœurs vont revenir !

Plus tard, les sœurs reviennent. Elles disent à Cendrillon :

– Comme tu es malheureuse ! Tu es restée ici, mais nous, nous avons vu une très belle princesse à la fête. Elle a été très gentille avec nous !

Cendrillon est heureuse. Elle demande :

– Comment cette princesse s'appelle-t-elle ?

– Nous ne savons pas. Personne ne la connaît, mais le fils du roi veut savoir son nom !

Cendrillon et la fée sourient.

Le lendemain, les deux sœurs partent tôt à la fête.

Cendrillon arrive après elles. Toute la soirée, le fils du roi dit à Cendrillon des paroles pleines d'amour :

– Vous êtes plus belle encore qu'hier ! Je veux rester près de vous !

Cendrillon écoute le fils du roi. Le temps passe. Cendrillon croit qu'il est onze heures, mais il est minuit ! Elle se lève très vite. Elle est légère comme un oiseau. Le prince court derrière elle, mais elle est plus rapide... Dans l'escalier du château, Cendrillon perd une chaussure de verre. Le prince n'est pas loin, mais la jeune fille disparaît.

Alors le prince prend la chaussure et il la met doucement dans sa poche.

Cendrillon arrive chez elle. Elle n'a plus son carrosse et elle a retrouvé ses vieux vêtements, mais elle porte encore au pied une chaussure de verre. Dans le château, le prince cherche Cendrillon partout. Il demande :

– Est-ce que vous avez vu sortir une princesse ?

On lui répond :

– Nous venons de voir une jeune fille avec des vêtements sales et vieux ! Ce n'est pas une princesse ! C'est sûrement une servante !

Quand les sœurs reviennent de la fête, Cendrillon demande :

– Est-ce que la fête était amusante ? La belle princesse était-elle encore là ?

– Oui, mais elle est partie très vite, à minuit, et elle a perdu une de ses petites chaussures de verre. Le fils du roi est certainement amoureux de cette jeune fille, car il a regardé cette chaussure pendant toute la soirée !

Les deux sœurs ont raison. Le prince est fou d'amour. Il fait annoncer :

– Toutes les filles du pays devront essayer cette chaussure et j'épouserai celle qui pourra la mettre !

Les princesses et toutes les jeunes filles du château essaient la chaussure, mais elle est trop petite.

On apporte alors la chaussure dans toutes les maisons du pays. Les deux sœurs essaient aussi la chaussure, mais leurs pieds sont trop grands.

Cendrillon regarde la chaussure et elle la reconnaît. Elle dit en riant :

– Je vais essayer cette petite chaussure !

Les deux sœurs s'amusent :

– Cette chaussure n'est pas pour toi !

Mais le seigneur qui a apporté la chaussure regarde Cendrillon. Il voit qu'elle est très belle. Il dit :

– Le fils du roi veut que toutes les jeunes filles essaient la chaussure ! Donnez-moi votre pied !

Cendrillon s'assoit et elle met facilement son petit pied dans la chaussure.

Cendrillon met facilement son petit pied dans la chaussure.

Les deux sœurs ne comprennent pas et elles sont encore plus surprises quand Cendrillon leur montre la deuxième chaussure qui était cachée dans la poche de sa robe.

Cendrillon met les deux chaussures. Alors, la fée arrive. Elle touche la vieille robe de Cendrillon avec sa baguette magique. La vieille robe devient un vêtement merveilleux.

Les deux sœurs comprennent que la belle princesse de la fête était Cendrillon. Elles pleurent :

– Pardon ! Nous sommes très méchantes !

Cendrillon les embrasse avec gentillesse :

– Je vous pardonne ! Aimons-nous comme des sœurs !

Cendrillon et le fils du roi se marient quelques jours plus tard. Les deux sœurs viennent habiter au château chez la douce Cendrillon et Cendrillon les marie le même jour avec deux grands seigneurs.

MORALITÉ

Une belle fille
Est un vrai trésor,
Mais elle est plus belle encore
Si elle est gentille.

La Belle au bois dormant

Il était une fois un roi et une reine qui étaient très malheureux parce qu'ils n'avaient pas d'enfants. Ils allaient voir des médecins et ils faisaient des prières...

Un jour, enfin, le bonheur leur sourit : la reine a une fille.

Le roi dit à sa femme :

– Nous allons faire une très belle fête. Nous allons inviter les sept fées* du pays et elles offriront à notre fille sept beaux cadeaux !

Alors, il y a un grand repas pour les sept fées. Mais à la fin du repas, une autre fée arrive. Elle est vieille et méchante et on ne l'a pas invitée, parce qu'on croyait qu'elle était morte.

Le roi invite la vieille fée à s'asseoir, mais elle est très fâchée et elle parle tout bas entre ses dents.

Une jeune fée, qui est assise près de la vieille fée, est inquiète[1]. Elle pense :

« Cette vieille fée va faire du mal à la petite princesse. Cette fée est plus puissante[2] que moi, mais je vais me cacher derrière un rideau et je parlerai après elle ! »

À la fin du repas, les fées commencent à offrir leurs cadeaux à la petite princesse :

– Tu seras la plus belle du monde, dit la première.

– Tu seras la plus intelligente, dit la deuxième.

– Tu seras la plus souriante, dit la troisième.

– Tu danseras très bien, dit la quatrième.

– Tu chanteras comme un oiseau, dit la cinquième.

---

1. Être inquiet(ète) : avoir un peu peur.
2. Puissante : forte.

– Tu seras une grande musicienne, dit la sixième.

Puis, la vieille fée parle. Elle est en colère :

– Princesse, tu te piqueras [1] avec une aiguille [2] et tu mourras !

Voilà un triste cadeau ! Tout le monde pleure. Au même moment, la jeune fée sort de derrière le rideau. Elle dit :

– Ne pleurez pas, roi et reine ! Votre fille se piquera avec une aiguille, c'est vrai ! Je ne peux pas empêcher [3] cela, car la vieille fée est plus puissante que moi. Mais votre fille ne mourra pas. Elle dormira pendant cent ans et le fils d'un roi la réveillera.

Le père de la princesse veut sauver sa fille. Il donne un ordre : les aiguilles sont interdites dans tout le pays !

Quinze ou seize ans plus tard, le roi et la reine partent en voyage. La jeune princesse se promène dans le château. Elle arrive dans un grenier. Il y a là une bonne vieille toute seule, en train de coudre [4]. Elle ne sait pas que les aiguilles sont interdites. La princesse demande :

– Que faites-vous là ?

La bonne vieille, qui ne connaît pas la princesse, répond :

– Je fais de la couture, ma belle !

– Oh, comme c'est beau ! Comment faites-vous ? Montrez-moi ! Je vais essayer de coudre, moi aussi !

Elle prend l'aiguille trop vite et elle se pique le doigt.

La jeune fille tombe endormie. La bonne vieille crie au secours. On arrive ; on jette de l'eau sur le

---

1. Se piquer : se blesser avec un objet très fin.
2. Aiguille : objet petit et très fin, utile pour la couture des vêtements.
3. Empêcher : faire tout pour qu'une chose n'arrive pas.
4. Coudre : faire de la couture.

Elle prend l'aiguille trop vite et elle se pique le doigt.

visage de la princesse. On s'occupe d'elle, mais malheureusement elle ne se réveille pas.

Le roi revient aussitôt de voyage. Il voit sa fille endormie et il dit :

– La fée avait raison. La princesse va dormir pendant cent ans. Mettez-la dans la plus belle chambre, sur un lit d'or et d'argent !

La princesse est belle comme un ange. Sa peau a gardé de belles couleurs. Elle a seulement les yeux fermés et on l'entend respirer doucement. On voit bien qu'elle n'est pas morte.

– Laissez-la dormir jusqu'à l'heure de son réveil !

C'est l'ordre du roi.

À cinquante mille kilomètres de là, la jeune fée apprend aussitôt la nouvelle. Elle part et, une heure après, elle arrive au château du roi. Elle pense :

– La jeune princesse sera triste de se réveiller dans ce vieux château ! J'ai une idée !

Alors, elle touche avec sa baguette magique tout ce qui vit dans le château, sauf le roi et la reine. Elle touche les servantes, les gardes et les cuisiniers. Elle touche aussi tous les chevaux, les chiens et même la petite Pouffe, la chienne de la princesse couchée près d'elle sur le lit.

Aussitôt, tout le monde s'endort. Dans cent ans, tout le monde se réveillera en même temps que la princesse.

Alors, le roi et la reine embrassent leur chère fille endormie...

En un quart d'heure, des milliers d'arbres poussent autour du château. Personne ne peut plus passer. Le château est invisible [1]. On voit seulement les tours, au loin. La jeune fée a bien travaillé : personne ne dérangera la princesse endormie.

---

1. invisible : qu'on ne peut pas voir.

Cent ans plus tard, un prince se promène à cheval du côté du château. Il demande à ses amis :

– Quelles sont ces tours, là-bas, au-dessus de cette grande forêt ?

On lui donne toutes sortes de réponses :

– C'est un vieux château plein de fantômes* !

– Non, c'est le château des sorcières* !

– Mais non, c'est la maison de l'ogre qui attrape et mange les enfants !

Le prince veut savoir qui a raison. Alors, un vieux paysan explique au prince :

– Prince, mon père disait, il y a longtemps : « La plus belle princesse du monde est dans ce château. Elle doit dormir cent ans. Le fils d'un roi la réveillera et deviendra son mari ! »

Quand il entend ces mots, le jeune prince aime déjà la princesse inconnue. Il marche vers la forêt. Aussitôt les grands arbres s'écartent pour le laisser passer. Il voit le château au bout d'une longue avenue. Il est étonné parce que les arbres se rapprochent après son passage et ses amis ne peuvent pas le suivre. Mais il continue, car un prince jeune et amoureux est toujours courageux.

Il entre dans la cour du château. C'est le silence. Des hommes et des animaux sont couchés par terre. Ils ont l'air morts. Mais le prince n'a pas peur. Il voit bien qu'ils dorment.

Le prince traverse plusieurs pièces pleines de seigneurs et de dames qui dorment aussi, debout ou assis. Le prince entre ensuite dans une pièce magnifique. Une princesse de quinze ou seize ans est couchée sur le lit, belle comme un ange.

Le prince s'approche d'elle et l'embrasse avec douceur. Alors, la princesse se réveille et regarde le jeune homme :

– Mon prince, je vous attends depuis si longtemps !

Le prince est très heureux :

– Je vous aime... Je vous aime plus que moi-même !

Les amoureux parlent pendant quatre heures. Ils ont beaucoup de choses à se dire.

Le château se réveille en même temps que la princesse. Tout le monde se met au travail. Ils ont tous très faim, car ils ne sont pas tous amoureux.

Une dame entre dans la chambre de la princesse :

– Dépêchons-nous ! Le repas est prêt !

Le prince aide la princesse à se lever. Elle est encore habillée à l'ancienne mode, mais elle est si jolie !

Les deux jeunes gens font un bon repas en écoutant de la musique d'autrefois.

Puis on les marie et ils vont se coucher. Ils dorment peu, car la princesse n'est pas fatiguée.

Quelque temps après, le jeune prince rentre dans son pays et présente sa femme à ses parents.

Alors, une longue vie de bonheur commence pour la Belle au Bois Dormant et son prince.

MORALITÉ

Attendre un mari
En dormant cent ans !...
Les filles d'aujourd'hui
Attendent moins longtemps !

*B*arbe Bleue

Il était une fois un homme très riche qui avait de belles maisons à la ville et à la campagne. Malheureusement, cet homme avait la barbe* bleue. À cause de cette barbe, il était laid et il avait l'air méchant. Les femmes et les jeunes filles se sauvaient quand il arrivait.

Une de ses voisines avait deux filles très belles.

Un jour, Barbe Bleue dit à cette voisine qu'il souhaite se marier avec l'une de ses filles. Mais les filles ne veulent pas épouser cet homme à cause de sa barbe bleue.

Elles ont peur de lui, aussi, pour une autre raison : il a déjà épousé plusieurs femmes et ces femmes ont disparu ! Personne ne sait où elles sont !

Barbe Bleue, pour les rassurer, invite les deux jeunes filles dans une de ses maisons de campagne. Il invite aussi leur mère, leurs meilleures amies et quelques jeunes gens. Ils restent là une semaine. Ils se promènent, ils chassent, ils pêchent, ils dansent, ils font de bons repas et ils s'amusent toute la nuit.

La vie est très agréable et la plus jeune des filles commence à trouver que la barbe de cet homme très aimable n'est pas si bleue. Dès leur retour à la ville, ils se marient.

Au bout d'un mois, Barbe Bleue dit à sa femme qu'il doit faire un voyage de six semaines pour une affaire importante :

– Ne restez pas seule après mon départ ! Invitez vos amies à la campagne, si vous voulez, et amusez-vous bien ! Voici les clés des meubles et des pièces de la maison. Ouvrez tout et allez où vous voulez ! Mais, attention ! Cette petite clé-là est la clé d'une pièce où je vous interdis d'entrer. Si vous l'ouvrez, ma colère sera terrible !

Elle promet d'obéir. Son mari l'embrasse et part en voyage.

Les amies de la jeune mariée arrivent tout de suite. Elles ont très envie de voir toutes les richesses de la maison.

Elles visitent aussitôt les chambres magnifiques, elles admirent les beaux meubles, elles félicitent leur amie. Mais elle, elle ne s'intéresse pas à toutes ces richesses. Elle a surtout envie d'aller ouvrir la porte de la pièce interdite.

Elle ne peut plus résister à la curiosité. Quand ses amies la quittent, elle se précipite, par un petit escalier, jusqu'à la pièce. Elle s'arrête devant la porte. Elle se rappelle les paroles de son mari : « Si vous l'ouvrez, ma colère sera terrible ! »

Mais elle ne peut plus attendre. Elle prend donc la petite clé et elle ouvre la porte en tremblant.

D'abord, elle ne voit rien, parce que les fenêtres sont fermées. Puis, elle commence à voir par terre du sang séché et, ensuite, elle voit les corps de plusieurs femmes mortes, attachés le long des murs. Ce sont les premières femmes de Barbe Bleue ; il les a tuées l'une après l'autre.

La jeune femme est folle de peur. Elle pousse un cri et laisse tomber la clé. Ensuite, elle se calme, ramasse la clé, referme la porte et monte dans sa chambre pour se reposer un peu.

Elle remarque qu'il y a du sang sur la petite clé. Elle l'essuie deux ou trois fois, mais le sang reste sur la clé. Elle lave la clé et la frotte même avec du sable, mais il y a toujours du sang, car la clé est magique : quand on la frotte d'un côté, le sang revient de l'autre côté.

Le même jour, Barbe Bleue rentre chez lui. Il explique à sa femme que son affaire est réglée.

Elle cache sa peur et fait semblant d'être heureuse de le voir à la maison.

Le lendemain, le mari demande les clés. Elle les donne, mais sa main tremble et le mari comprend tout de suite ce qui s'est passé.

– Pourquoi, dit-il, est-ce que la petite clé n'est pas avec les autres ?

– Je ne sais pas... Elle doit être sur ma table...

– Il faut me donner cette clé, madame !

Elle est obligée d'apporter la clé. Barbe Bleue la regarde et dit :

– Pourquoi y a-t-il du sang sur cette clé ?

– Je ne sais pas, répond la pauvre femme, plus pâle que la mort.

– Vous n'en savez rien ? Mais moi, je le sais bien : vous avez voulu entrer dans la pièce interdite ! Eh bien, madame, vous y entrerez et vous y resterez avec les dames que vous avez vues !

Elle pleure, elle demande pardon à son mari d'avoir été désobéissante. Mais, Barbe Bleue a un cœur de pierre :

– Il faut mourir, madame, et tout de suite !

– Alors, dit-elle en pleurant, donnez-moi un peu de temps pour prier Dieu !

– Je vous donne cinq minutes ! Pas plus !

Et Barbe Bleue sort de la pièce et descend l'escalier. Quand elle est seule, la jeune femme appelle sa sœur Anne :

– Ma sœur Anne, monte, s'il te plaît, en haut de la tour. Nos frères vont venir aujourd'hui au château. Si tu les vois, fais-leur signe de se dépêcher !

Anne monte en haut de la tour. La pauvre jeune femme, restée au bas de l'escalier, lui crie de temps en temps :

– Anne, ma sœur Anne, ne vois-tu rien venir ?

Et Anne répond :

– Je vois seulement le soleil qui brille sur l'herbe verte.

– *Pourquoi y a-t-il du sang sur cette clé ?*

Pendant ce temps, Barbe Bleue, qui tient un grand couteau, crie de toutes ses forces à sa femme :

– Dépêchez-vous de descendre ou je vais monter !

– Encore un instant, s'il vous plaît, répond sa femme.

Et aussitôt, elle dit à sa sœur :

– Anne, ma sœur Anne, ne vois-tu rien venir ?

Et Anne répond :

– Je vois seulement le soleil qui brille sur l'herbe verte.

– Dépêchez-vous de descendre ou je vais monter, crie encore Barbe Bleue.

– J'arrive, répond sa femme.

Et elle crie encore :

– Anne, ma sœur Anne, ne vois-tu rien venir ?

– Je vois, répond la sœur, un gros nuage de poussière qui vient vers nous !

– Est-ce que ce sont nos frères ?

– Hélas, non, ma sœur, c'est un troupeau de moutons !

– Descendez ! crie Barbe Bleue.

– Attendez un peu, répond sa femme.

Et puis, elle crie encore :

– Anne, ma sœur Anne, ne vois-tu rien venir ?

– Je vois deux cavaliers [1], mais ils sont très loin encore...

Quelques instants plus tard, Anne reprend :

– Dieu merci, ce sont nos frères. Je leur fais signe de se dépêcher !

Barbe Bleue se met à crier. Toute la maison tremble. La pauvre femme descend.

– Inutile de pleurer, dit Barbe Bleue. Il faut mourir. Puis il prend sa femme par les cheveux et lève son grand couteau. Il va lui couper la tête. La pauvre femme le regarde tristement :

---

1. Cavaliers : hommes à cheval.

– Donnez-moi, s'il vous plaît, un petit moment pour faire une prière !

– Non, non, dit-il.

Il lève son bras et, au même moment, on frappe à la porte. Barbe Bleue reste immobile. On ouvre et, aussitôt, deux hommes entrent et courent vers Barbe Bleue, l'épée* à la main.

Il reconnaît les deux hommes : ce sont les frères de sa femme. Il se sauve, mais il n'a pas le temps de sortir. Les deux frères le rattrapent dans l'escalier et le tuent.

Barbe Bleue était riche et n'avait pas d'enfants. Maintenant, c'est sa femme qui est riche. Alors, elle marie sa sœur à un jeune seigneur et elle aide ses deux frères. Puis, elle se marie avec un homme très gentil et elle oublie les mauvais jours passés avec Barbe Bleue.

MORALITÉ

La curiosité est toujours punie.
Mais on voit bien que cette histoire
Est un conte du temps passé,
Car les maris d'aujourd'hui,
À la barbe bleue,
À la barbe noire,
À la barbe blanche,
Ont peur de leur femme
Et lui obéissent.

Le Petit Poucet

Il était une fois un bûcheron* et sa femme. Ils étaient très pauvres et ils avaient sept garçons.

Le bûcheron a beaucoup de mal à nourrir ses sept enfants. Il est très triste aussi, parce que le plus jeune, qui a sept ans, ne parle pas. Il a l'air idiot. Quand il est né, cet enfant était grand comme le pouce [1], alors, on l'a appelé le Petit Poucet. On est méchant avec lui, mais il est plus intelligent que ses frères. Il ne parle pas beaucoup, mais il écoute.

Un hiver, les parents n'ont plus rien à manger. Alors, le bûcheron dit à sa femme :

– Tu vois, nous ne pouvons plus nourrir nos enfants ! Nous allons les laisser dans la forêt !

– Ah, dit la femme, je suis pauvre, mais je suis leur mère ! Hélas, je suis comme toi, je ne veux pas les voir mourir ! Fais ce que tu veux !

Et elle va se coucher en pleurant.

Le Petit Poucet entend tout, car il est caché sous la chaise de son père. L'enfant va se coucher et pense à ce qu'il va faire. Le lendemain, il se lève très tôt, il va près de la rivière et met des cailloux blancs dans ses poches. Puis, il revient à la maison, mais sans rien dire à ses frères.

Le même jour, toute la famille part dans une très grande forêt. Le bûcheron coupe du bois et les enfants aident leur père. Tout à coup, les parents se sauvent très vite et laissent leurs enfants dans la forêt.

En rentrant chez eux, le bûcheron et sa femme rencontrent un homme riche. Il voit bien qu'ils sont malheureux et pauvres. Il leur dit :

---

1. Pouce : premier doigt de la main.

– Prenez cet argent ! C'est pour vous !

Les parents ont très faim. Ils sont contents et ils vont acheter aussitôt beaucoup de viande.

Pendant ce temps, les enfants restent seuls dans la forêt. Le Petit Poucet dit à ses frères :

– Ne pleurez pas ! Je connais le chemin pour revenir à la maison, parce que j'ai mis des cailloux blancs sur la route, en venant. Je vais vous conduire à la maison. Suivez-moi !

Les frères suivent le Petit Poucet. Ils arrivent chez leurs parents, mais ils ont peur d'entrer. Derrière la porte, ils entendent leur mère qui parle à son mari :

– Toi et moi, nous avons bien mangé et il reste de la viande pour nos pauvres enfants. Hélas ! où sont-ils maintenant ? Ils sont dans la forêt, ils sont peut-être mangés par les loups* ! Tu es un mauvais père !

Le bûcheron est en colère. Il veut battre sa femme. Elle répète :

– Hélas, mes enfants, mes pauvres enfants, où êtes-vous ?

Derrière la porte, les enfants entendent leur mère et ils crient :

– Nous voilà ! Nous voilà !

La mère court vite ouvrir la porte. Elle embrasse ses enfants.

– Je suis contente de vous revoir, mes chers enfants ! Vous êtes très fatigués et vous avez faim !

Les enfants mangent bien. Ils racontent leurs aventures dans la forêt. Les parents sont heureux de les revoir.

Mais quand il n'y a plus d'argent à la maison, quelque temps plus tard, le père et la mère deviennent tristes à nouveau, et ils se disent :

– Il faut encore laisser nos enfants dans la forêt, mais plus loin !

– J'ai mis des cailloux blancs sur la route, en venant.

Ils parlent doucement, mais le Petit Poucet entend tout. Il décide de faire comme la première fois.

Le lendemain, il se lève tôt : il veut aller prendre des cailloux près de la rivière. Mais la porte de la maison est fermée à clé !

Que faire ? C'est trop tard !

Le bûcheron et la bûcheronne conduisent leurs enfants loin dans la forêt.

– Comment retrouver le chemin ? se demande le Petit Poucet...

Tout à coup, il a une idée. Il n'a pas de cailloux dans ses poches, mais sa mère lui a donné du pain, pour le déjeuner. Alors, il jette des petits morceaux de pain sur la route.

Comme la première fois, les parents s'en vont et laissent les enfants seuls.

– Nous ne sommes pas perdus, dit le Petit Poucet. J'ai jeté des morceaux de pain sur la route...

Hélas ! Les oiseaux ont mangé le pain et le Petit Poucet ne peut pas retrouver le chemin de la maison.

C'est la nuit. Il pleut. Les enfants sont perdus au milieu de la forêt. Ils ont peur du vent et des loups.

Le Petit Poucet monte dans un arbre. Il aperçoit la lumière d'une maison, très loin. Il descend de l'arbre et conduit ses frères vers cette maison.

Une femme ouvre la porte :

– Qu'est-ce que vous voulez ?

– Nous sommes de pauvres enfants perdus dans la forêt ! Pouvons-nous dormir chez vous ?

La femme répond en pleurant :

– Hélas, mes petits ! Vous êtes dans la maison d'un ogre*. Il mange les enfants. Il n'est pas ici maintenant, mais il va revenir !

Les enfants pleurent :

– S'il vous plaît, donnez-nous un lit ! Nous avons peur des loups. Nous avons moins peur de l'ogre !

La femme de l'ogre dit aux enfants :

– Entrez. Je vais vous cacher pendant la nuit !

Les enfants entrent. Ils ont froid. Ils s'approchent du feu. La viande du repas est prête sur la table.

Tout à coup, on entend un grand bruit. C'est l'ogre qui revient. La femme cache vite les enfants sous le lit, puis elle va ouvrir la porte. L'ogre demande :

– Est-ce que le repas est prêt ? Est-ce qu'il y a du vin ?

Il commence à manger : il aime la viande rouge.

Puis il lève la tête et dit :

– Je sens une autre odeur de viande ici !

La femme répond :

– C'est peut-être le repas qui est prêt pour demain !

– Non, je sens une autre viande, dit l'ogre en colère.

Il se lève et regarde sous le lit. Alors, il dit à sa femme :

– Ah ! tu mens ! Je vois de la belle viande sous le lit. C'est parfait : j'ai des invités, nous allons les manger !

Les enfants pleurent. L'ogre prend déjà son grand couteau. Alors, sa femme lui dit :

– Qu'est-ce que tu fais ? Attends demain ! Tu as assez de viande à manger pour ce soir !

– Tu as raison, dit l'ogre. Ils seront meilleurs demain.

La femme les a sauvés jusqu'au lendemain, mais les enfants ont très peur. L'ogre est heureux. Il boit beaucoup de vin et il va se coucher.

L'ogre a sept petites filles. Elles mangent de la viande comme leur père. Elles ont de petits yeux gris et une très grande bouche avec de longues dents.

Quand l'ogre va se coucher, ses filles dorment déjà dans un grand lit. Elles ont toutes une couronne d'or sur la tête.

Les enfants pleurent. L'ogre prend déjà son grand couteau.

Dans la chambre des filles, il y a un autre grand lit. La femme de l'ogre dit au Petit Poucet et à ses frères :

– Couchez-vous dans ce lit !

Ensuite, elle va dormir près de son mari.

Le Petit Poucet et ses frères se couchent, mais le Petit Poucet ne dort pas. Il pense :

– J'ai peur que l'ogre se réveille et qu'il nous mange pendant la nuit !

Alors, l'enfant se lève. Il va vers le lit des filles. Il prend les couronnes qui sont sur les sept têtes et il met son chapeau et les chapeaux de ses frères sur les têtes des filles. Ensuite, il met les couronnes sur les têtes de ses frères et sur sa tête. Enfin, il va se coucher avec ses frères. Le Petit Poucet espère que l'ogre va se tromper : il tuera ses filles, en croyant tuer les garçons.

L'enfant a eu une bonne idée, car l'ogre se réveille dans la nuit. Il pense :

– Je vais tuer les garçons cette nuit ! Pourquoi attendre demain ?

Il prend son grand couteau et monte dans la chambre de ses filles. Le Petit Poucet ne dort pas, il a trop peur. L'ogre s'approche du lit des garçons. Il ne voit rien dans la nuit. Avec sa main, il touche les couronnes d'or sur la tête des garçons. Il dit :

– Comme je suis idiot ! J'ai bu trop de vin, hier !

L'ogre va ensuite près du lit de ses filles et il touche les chapeaux.

– Ah ! voilà les chapeaux des garçons !

Et, aussitôt, il tue ses sept filles avec son couteau. Ensuite, il va se coucher. Il est très content.

Le Petit Poucet se lève très vite et il dit à ses frères :

– Habillez-vous ! Suivez-moi ! Descendons dans le jardin et sauvons-nous !

Les sept garçons courent pendant toute la nuit.

Ils ne savent pas où ils vont.

Le lendemain, l'ogre se réveille et dit à sa femme :

– Va voir les enfants qui sont arrivés hier !

La femme monte dans la chambre et elle s'évanouit, quand elle voit ses sept filles mortes sur le lit.

L'ogre a très faim et il monte dans la chambre pour aider sa femme. Alors, il voit ses filles et il crie :

– Ah ! Qu'est-ce que j'ai fait ? je vais tuer ces méchants garçons !

Il jette de l'eau sur la tête de sa femme évanouie et il lui dit :

– Donne-moi mes bottes* magiques. Je vais courir plus vite !

Avec ses bottes magiques, l'ogre peut faire des pas de plusieurs kilomètres.

L'ogre part. Il court au-dessus des montagnes et des rivières.

Pendant ce temps, le Petit Poucet et ses frères arrivent près de la maison de leurs parents.

Mais les enfants voient l'ogre qui court. Le Petit Poucet se cache dans un arbre avec ses frères.

L'ogre ne voit pas les enfants. Il est très fatigué, car les bottes magiques sont lourdes. Il s'assoit près de l'arbre où sont les enfants.

Le Petit Poucet voit que l'ogre s'endort. L'enfant a moins peur que ses frères et il leur dit :

– Allez vite chez nos parents, pendant que l'ogre dort ! Moi, je reste ici !

Les frères s'en vont et le Petit Poucet descend de l'arbre. Il prend les bottes, sans réveiller l'ogre, et les met.

Maintenant, le Petit Poucet court vers la maison de l'ogre.

Il voit la femme de l'ogre qui pleure près de ses filles mortes. Il lui dit :

– Des voleurs ont emmené votre mari. Ils veulent tout son argent. Donnez-moi cet argent ! Je vais le porter aux voleurs et ils ne tueront pas votre mari !

La femme aime son mari et elle veut le sauver. Elle donne tout ce qu'elle a au Petit Poucet.

L'enfant rentre chez ses parents et apporte l'argent de l'ogre. La famille est heureuse de le revoir. Maintenant, grâce au Petit Poucet, le bûcheron, sa femme et les sept enfants sont très riches.

MORALITÉ

Dans une famille,
C'est quelquefois le plus petit
Qui fait le bonheur des autres.

Le chat botté

À sa mort, un meunier* ne laisse à ses trois enfants que son moulin*, son cheval et son chat. Le plus vieux a le moulin, le second a le cheval, et le chat est pour le plus jeune fils. Celui-ci pense :

– Je suis malheureux ! Mes frères vont pouvoir travailler ensemble. Mais moi, si je ne mange pas mon chat, je vais mourir de faim !

Le chat voit que son maître est triste. Il lui dit :

– N'ayez pas peur ! Donnez-moi seulement un sac et des bottes pour aller dans la campagne ! Vous allez voir que vous ne serez pas si malheureux !

Le jeune homme donne au chat ce qu'il demande, car il sait que l'animal est très intelligent.

– Ce chat va peut-être m'aider, pense le jeune homme.

Le chat met les bottes et prend le sac. Il entre dans un champ où il y a beaucoup de lapins. Il met de la bonne herbe dans le sac et il se couche à côté du sac ouvert. Il attend. Un jeune lapin croit que le chat est mort. Il entre dans le sac. Le chat attrape le lapin et le tue.

Le chat est heureux. Il va chez le roi et il lui dit :

– Mon maître, Monsieur de Carabas, vous donne ce lapin !

Ce n'est pas vrai : Monsieur de Carabas est un faux nom que le chat a trouvé. Le roi répond :

– Je suis très content. Je remercie ton maître.

Une autre fois, le chat se cache dans un champ de blé. Il tient son sac ouvert et deux oiseaux y entrent. Alors, le chat les tue. Il va les donner aussi au roi.

Pendant deux ou trois mois, le chat continue à apporter au roi des lapins, des oiseaux et d'autres animaux :

– Mon maître les tue pour vous, explique le chat.

Ainsi, il devient peu à peu l'ami du roi.

Un jour, le roi dit au chat :

– Demain, je vais aller me promener au bord de la rivière, avec ma fille.

Le chat court vite chez son maître et lui dit :

– Écoutez-moi ! Si vous voulez devenir prince, allez vous mettre dans la rivière, à l'endroit que je vais vous montrer ! Cachez aussi vos vêtements sous une grosse pierre et n'oubliez pas que, maintenant, vous vous appelez Monsieur de Carabas !

Monsieur de Carabas fait ce que lui demande le chat, sans comprendre. Il est dans l'eau jusqu'au cou, lorsque le roi passe au bord de la rivière. Alors le chat crie très fort :

– Au secours, au secours ! La rivière est profonde et Monsieur de Carabas ne sait pas très bien nager ! Il va mourir !

Le roi reconnaît son ami le chat et dit à ses gardes d'aller au secours de Monsieur de Carabas.

Pendant ce temps, le chat explique au roi :

– Les voleurs ont pris les vêtements de mon maître, quand il était dans l'eau.

Le roi dit aux gardes :

– Apportez des vêtements pour Monsieur de Carabas.

Le jeune homme s'habille. Il est très beau dans les habits donnés par le roi ! La fille du roi, qui est la plus belle princesse du monde, devient aussitôt amoureuse de Monsieur de Carabas.

Le roi l'invite :

– Montez avec moi dans mon carrosse et nous nous promènerons ensemble, avec ma fille.

Le chat sourit et pense que tout va bien. Il part très vite sur la route, loin devant le carrosse...

Le chat traverse bientôt le domaine d'un ogre* très riche. Des paysans coupent de l'herbe. Le chat leur dit :

– Si vous ne dites pas au roi que ce champ est à Monsieur de Carabas, vous serez tous tués !

Le roi arrive dans son carrosse et demande aux paysans à qui est le champ. Tous les paysans ont peur et répondent :

– C'est à Monsieur de Carabas !

Le chat continue de courir loin devant le carrosse. Il rencontre d'autres paysans qui coupent le blé de l'ogre très riche :

– Le roi va passer ici, dit le chat. Si vous ne lui dites pas que ce blé est à Monsieur de Carabas, vous serez tous tués !

Le roi arrive et veut savoir à qui est le blé. Les paysans répondent :

– C'est à Monsieur de Carabas !

Le roi et Monsieur de Carabas sont très contents. Le chat continue à aller loin devant le carrosse et dit la même chose à tous ceux qu'il rencontre. Le roi dit à Monsieur de Carabas qui sourit sans répondre :

– Vous êtes donc très riche !

Pendant ce temps, le chat arrive chez l'ogre et lui dit :

– Je passe devant votre beau château et je viens vous dire bonjour.

L'ogre invite le chat. Le chat entre et lui dit :

– On raconte que vous pouvez, si vous voulez, devenir un animal, un lion, par exemple !

– C'est vrai, répond l'ogre. Regardez ! Je vais devenir un lion.

Et à l'instant le chat voit devant lui un gros lion. Le chat a très peur. Il se sauve sur le toit du château. Alors, l'ogre crie :

Pendant ce temps, le chat arrive chez l'ogre.

– N'ayez pas peur ! Je ne suis plus un lion !

Le chat redescend et dit :

– C'est extraordinaire ! Mais je sais que vous ne pouvez pas devenir un petit animal, une souris, par exemple...

– Si ! Je peux devenir une souris ! Vous allez voir !

Et l'ogre, aussitôt, devient une souris, qui commence à courir par terre. Alors, le chat attrape la souris et la mange.

Au même moment, le roi arrive dans son carrosse avec sa fille et Monsieur de Carabas.

Le chat sort du château et dit :

– Vous êtes le bienvenu dans le château de Monsieur de Carabas !

– Ah ! dit le roi, ce château aussi est à vous ! Il est très beau ! Entrons !

Monsieur de Carabas donne la main à la princesse et ils entrent avec le roi dans une grande salle.

Ils font un repas délicieux. Monsieur de Carabas est beau, riche et intelligent. Le roi devient son ami. Il dit :

– Buvons ensemble ! Voulez-vous être le mari de ma fille ? Je vois qu'elle vous aime...

Avant la nuit, Monsieur de Carabas et la princesse se marient. Le chat devient un grand seigneur. Il continue à tuer les souris, mais seulement pour s'amuser.

MORALITÉ

L'intelligence et l'habileté
Sont la vraie richesse des jeunes gens.

${\mathcal P}$eau d'âne

Il était une fois un roi, le plus grand roi de la terre. Les autres rois avaient peur de lui et son royaume était tranquille.

Sa femme était belle et douce. Sa fille avait toutes les qualités.

Des centaines de seigneurs et de serviteurs vivaient au palais. Le roi avait beaucoup de chevaux. Il avait aussi un âne qui montrait ses deux grandes oreilles au milieu des chevaux. Cet âne était très aimé, car on trouvait, chaque matin, à ses pieds, de belles pièces d'or, à la place du crottin. Grâce à lui, le roi était l'homme le plus riche de la terre.

Hélas, le bonheur a une fin ! Un jour la reine tombe malade. Aucun médecin ne peut la guérir. Elle va bientôt mourir. Elle dit au roi :

– Je veux vous demander quelque chose ! Si vous avez envie de vous remarier...

– Ah, dit le roi, me remarier ? Jamais !

– Je ne vous demande pas l'impossible, dit la reine. Vous pouvez vous remarier, mais vous devez choisir une femme plus belle et plus douce que moi !

La reine sait qu'elle est très belle. Elle pense que son mari ne pourra jamais se remarier.

Le roi est triste. Il promet de faire ce que la reine demande.

Elle meurt. Le roi pleure pendant des jours et des nuits. On dit au palais :

– Le roi pleure beaucoup, mais il ne va pas pleurer longtemps !

On ne se trompe pas. Quelques mois plus tard, il veut se remarier et il cherche une nouvelle femme. Mais il se rappelle les derniers mots de la reine :

– Vous devez choisir une femme plus belle et plus douce que moi !

Comment faire ? On cherche partout, au palais, à la campagne, en ville, dans les pays voisins. Une seule femme est plus belle que la reine morte : sa fille !

Le roi devient fou d'amour : il veut se marier avec sa fille ! Mais la princesse ne veut pas entendre parler de cet amour. Elle pleure jour et nuit.

Le cœur plein de tristesse, elle va voir sa tante qui habite très loin, dans un château au bord de la mer. La tante est une fée* très habile. Elle dit à la princesse :

– Je sais pourquoi vous venez me voir et pourquoi vous êtes si triste. Mais, ne pleurez plus. Tout ira bien, si vous faites ce que je vous dis. Votre père veut se marier avec vous. C'est très mal, mais on peut empêcher ce mariage, sans mettre votre père en colère ! Dites-lui : « Père, donnez-moi une robe de la couleur du temps et je me marierai avec vous ! » Il est puissant et riche, mais il ne pourra jamais vous faire ce cadeau.

Aussitôt, la princesse demande la robe à son père. Et le père va dire au couturier :

– Faites une robe de la couleur du temps ! Faites vite ou vous serez tué.

Le lendemain, la robe est prête, c'est une belle robe bleu ciel avec des nuages d'or.

La princesse est en même temps heureuse et triste :

– Tante, dit-elle, la robe est belle, mais je vais être obligée de me marier !

– Princesse, dit la fée, demandez une robe plus brillante, une robe de la couleur de la lune !

Le père écoute sa fille et dit au couturier :

– Faites une robe aussi belle que la lune. Vous avez quatre jours.

La robe est bientôt prête. Elle est plus belle que la lune. La princesse va être obligée d'épouser son père.

Heureusement la fée parle à la princesse et la princesse demande une autre robe :

– Je veux une robe encore plus brillante, de la couleur du soleil.

Le roi, fou d'amour, va voir aussitôt le couturier :

– Faites une robe en tissu d'or avec des diamants. Si je ne suis pas satisfait, vous mourrez !

Avant la fin de la semaine, on apporte la robe, un vêtement magnifique, plus brillant que le soleil.

La princesse, émerveillée par ces cadeaux, ne sait plus quoi répondre à son père. La fée prend alors la jeune fille par la main et lui parle à l'oreille :

– Continuez à demander des cadeaux ! Le roi a besoin de l'âne qui fait des pièces d'or. Sans l'âne, il ne peut rien vous offrir. Demandez la peau de cet animal extraordinaire. Le roi ne vous la donnera pas, car je suis sûre qu'il veut rester riche.

La fée sait beaucoup de choses, mais elle ne sait pas que l'amour se moque de la richesse. Le roi offre aussitôt la peau de l'âne à sa fille.

Quand on lui apporte cette peau, elle pleure de désespoir [1]. La fée arrive alors et lui parle :

– Il ne faut pas avoir peur ! Vous allez dire au roi que vous voulez bien l'épouser. Ensuite vous allez vous déguiser [2] car personne ne doit vous reconnaître, et vous partirez très loin, toute seule. Voici un grand sac pour vos vêtements, votre miroir [3] et vos bijoux. Je vous donne aussi ma baguette magique*. Prenez-la dans votre main et le sac vous suivra sous la terre. Personne ne verra ce

---

1. Désespoir : très grande tristesse.
2. Se déguiser : mettre des vêtements différents pour ne pas être reconnu.
3. Miroir : objet pour regarder son visage.

sac. Pour l'ouvrir, touchez la terre avec la baguette et il apparaîtra. Mettez cette peau d'âne affreuse sur votre dos : personne ne vous reconnaîtra.

La princesse quitte la fée. Ce matin-là, le roi se prépare pour le mariage, quand on lui annonce que sa fille a disparu. On la cherche aussitôt, dans les maisons, dans les chemins et sur les routes. Où est-elle ?

Tout le monde est très triste. Plus de mariage, plus de bon repas, plus de gâteaux...

Pendant ce temps, la princesse continue sa route. Son visage est couvert de poussière. Elle a l'air d'une pauvre femme, maintenant. Elle cherche du travail, mais qui veut écouter une personne aussi sale ?

Alors, elle s'en va loin, très loin, encore plus loin. Enfin, elle arrive à une ferme. La fermière a besoin d'une servante pour laver les serviettes et s'occuper des porcs[1]. On donne à la princesse le nom de Peau d'Âne et on la laisse dans un coin de la cuisine. Les autres domestiques se moquent d'elle.

Le dimanche, elle est plus tranquille. Elle fait son travail le matin, et, l'après-midi, elle reste dans sa chambre, ferme la porte, fait sa toilette, puis ouvre le sac. Devant son miroir, elle met une de ses robes, la robe de la lune ou la robe du soleil ou la robe couleur du temps, plus belle que le ciel.

La jeune princesse se regarde. Elle se trouve belle et élégante. Elle est moins malheureuse.

Il ne faut pas oublier de dire que la ferme où la princesse se cache appartient à un roi puissant.

Après la chasse, le fils du roi vient souvent se reposer avec ses amis, dans cet endroit agréable. C'est un jeune prince, beau et fort.

---

1. Porc : animal de la campagne, souvent très sale, très gras. On le mange.

Alors elle s'en va loin, très loin, encore plus loin.

Peau d'Âne, un jour, aperçoit le prince. Aussitôt, elle tombe amoureuse de lui, car sous ses vieux vêtements et sa peau d'âne, elle a toujours le cœur d'une princesse :

– Qu'il est beau, pense-t-elle ! Qu'il est beau ! Je sens que je l'aime déjà...

Un jour, le jeune prince se promène dans la ferme. Il arrive au fond d'une cour. Il passe devant la petite chambre de Peau d'Âne. Il regarde par la fenêtre. Il voit la princesse.

Ce dimanche-là, elle porte la robe qui est plus brillante que le soleil. Le prince regarde longtemps la jeune fille. Il pense :

– Quelle robe ! Mais cette jeune fille est plus belle que sa robe ! Elle doit être douce...

Il tombe amoureux. Trois fois, il a envie d'entrer, mais trois fois, il s'arrête devant la porte, car il ne veut pas faire peur à cette jeune fille étrangère.

Il rentre au palais. Il reste seul. Nuit et jour, il pense à la jeune fille. Il ne veut plus aller au bal, à la chasse, au théâtre. Il ne mange même plus. Il ne fait plus rien. Il va mourir d'amour.

Quand il demande : « Quelle est cette belle jeune fille qui vit au fond de la cour ? »

On lui répond :

– C'est Peau d'Âne ! Elle n'est pas belle ! Elle fait peur à tout le monde. Il est vraiment impossible de l'aimer !

– Non, dites ce que vous voulez, je ne vous crois pas ! J'aime cette jeune fille et j'ai dans mon cœur, pour toujours, le souvenir de son visage !

La mère du prince pleure :

– Tu es mon seul fils ! Dis-moi pourquoi tu es triste...

Le prince se met à pleurer, lui aussi, et dit :

– Demandez à Peau d'Âne de faire un gâteau : je le mangerai. C'est tout ce que je veux !

La mère ne comprend pas. Elle s'informe et on lui répond :

– Oh, Madame, cette Peau d'Âne est plus sale et plus laide qu'un animal.

La reine, qui aime son fils plus que tout, répond :

– Tant pis ! Je ne veux pas que mon fils continue à pleurer. Demandez à Peau d'Âne de faire un gâteau !

Peau d'Âne prend de la belle farine bien blanche, du sel, du beurre, des œufs et elle s'enferme dans sa chambre pour faire un bon gâteau au prince. D'abord, elle se lave les mains, les bras et le visage, puis, elle se met au travail.

Certains disent qu'elle est pressée et que sa bague [1] tombe dans la pâte par hasard. D'autres disent qu'elle a décidé de mettre cette bague dans la pâte. Moi, je dis qu'elle a vu le prince qui la regardait par la fenêtre, parce que les femmes voient tout. Et je suis bien sûr qu'elle a voulu mettre la bague dans la pâte, car elle sait que la bague fera plaisir au prince.

Le gâteau est délicieux et le prince a bon appétit. Heureusement, il ne mange pas la bague. Il la prend, il la regarde. Il voit qu'elle est très petite. Il est heureux et il met la bague sous son oreiller. Mais il est de plus en plus malade et les médecins disent que c'est la maladie d'amour. Il faut que le prince se marie !

– Je veux bien, dit-il, mais j'épouserai seulement la personne qui peut mettre cette bague à son doigt !

Le roi et la reine sont surpris, mais peut-on dire non au jeune prince malheureux ?

On cherche donc qui sera la princesse. Toutes les femmes du pays sont prêtes à essayer la bague.

---

1. Bague : bijou porté au doigt.

Elles savent qu'il faut avoir le doigt très mince. Les unes coupent un morceau de leur doigt ; d'autres enlèvent la peau, comme la peau d'un fruit... Chacune essaie de trouver comment réussir à mettre la bague.

Les princesses et les autres dames de la cour ont les doigts très minces, mais ils n'entrent pas dans la bague.

Des dames de la ville essaient aussi. Certaines ont de jolis doigts, mais la bague est trop petite.

Alors, des centaines de femmes, des servantes, des cuisinières arrivent de la ville et de la campagne avec leurs gros doigts. Impossible de mettre la bague !

Une seule ne vient pas au palais essayer la bague, c'est Peau d'Âne. Elle reste au fond de sa cuisine. Elle, une princesse ? Ce n'est pas possible !

Mais le prince veut connaître la vérité :

– Amenez-la ! dit-il.

– Pourquoi faire venir cet animal ?

Peau d'Âne arrive. Elle donne sa petite main blanche et rose, cachée par la peau d'âne et... son doigt entre dans la bague.

Les seigneurs et les dames sont surpris. Ils veulent l'emmener tout de suite voir le prince.

– Non, dit-elle, je ne peux pas encore voir le prince. Donnez-moi le temps de mettre un autre vêtement !

Personne n'a plus envie de rire quand la jeune fille arrive dans sa belle robe. Avec ses cheveux blonds, ses grands yeux bleus et son doux sourire, elle est plus belle que toutes les autres dames.

Le roi est fier d'avoir une belle-fille si charmante, la reine est jalouse [1] et le prince est heureux.

---

1. Jalouse : un peu fâchée car Peau d'Âne est plus belle qu'elle.

On prépare le mariage. On invite tous les rois de l'Orient et de l'Afrique. Ils arrivent de partout.

Le père de Peau d'Âne est là. Autrefois, il était amoureux de sa fille, mais le temps a passé et, maintenant, il l'aime comme un père.

– Merci, mon Dieu, dit-il. Je te retrouve, ma chère fille !

Alors, la fée arrive. Elle explique toute l'histoire et chacun félicite Peau d'Âne, la plus belle des princesses.

MORALITÉ

Le conte de Peau d'Âne est difficile à croire,
Mais tant qu'il y aura des enfants,
Des mères et des mères-grands[1],
On en gardera la mémoire.

---

1. Mères-grands : grands-mères.

Mots et expressions

L'univers des contes

Baguette magique, *f.* :

Barbe, *f.* :

Botte, *f.* :

Bûcheron, *m.* :

Carrosse, *m.* :

Citrouille, *f.* :

Cocher, *m.* :

Épée, *f.* :

Meunier, *m.* :

Fantôme, *m.* :

Moulin, *m.* :

Fée, *f.* :

Ogre, *m.* :

Loup, *m.* :

Sorcière, *f.* :

Pour aller plus loin...

Le texte original est disponible dans la collection
Le Livre de Poche classique (Hachette).

Activités

1. **Retrouver l'intrus dans les séries de mots suivants**

Exemple : jolie – belle – mignonne – méchante.

a. Château – palais – chemin – maison.

b. Princesse – roi – paysanne – seigneur.

c. Village – reine – ville – campagne.

d. Carrosse – voiture – calèche – citrouille.

e. Bois – ciel – forêt – arbre.

f. Barbe – moustache – oreille – sourcil.

g. Manger – rire – dormir – amour.

h. Gâteau – citrouille – pierre – pain.

i. Lune – chaperon – bottes – robe.

2. **Mettre au féminin**

a. Père

b. Roi

c. Mauvais

d. Long

e. Grand

f. Bleu

g. Garçon

h. Heureux.

3. **Mettre au masculin**

a. Tante

b. Idiote

c. Ânesse

d. Fermière

e. Riche

f. Courte

g. Servante

h. Belle

i. Méchante.

4. **À quel conte correspond chaque « moralité » ?**

• Être belle, pour une fille, cela ne suffit pas. Si en plus elle est aimable, douce et charmante, elle est encore plus belle.

• Être curieux est un vilain défaut.

• Les jeunes filles doivent faire très attention. Parfois les messieurs qui passent pour être très gentils sont les plus méchants.

• Il ne faut pas se moquer des petits, ce sont souvent eux qui apportent la joie et le bonheur autour d'eux.

• Il faut toujours beaucoup penser avant de parler.

• Ce qui est important pour les jeunes, ce n'est pas d'avoir de l'argent mais d'être malin et de savoir faire plein de choses.

• Avant, les jeunes filles attendaient sagement à la maison qu'un homme vienne les demander en mariage.

5. Où travaillent-ils ?

Exemple : le boulanger travaille à la *boulangerie.*

a. Le bûcheron

b. Le marin

c. Le prêtre

d. Le meunier

e. Le paysan

f. Le cocher

g. Le professeur.

6. Trouver la bonne réponse (a, b ou c) aux questions suivantes

Quand les contes de Perrault ont-ils été publiés ?

    a. Il y a trois siècles.

    b. Pendant l'Antiquité.

    c. Au temps de Walt Disney.

Comment commencent les contes de fées ?

    a. Depuis très longtemps.

    b. Il était une fois.

    c. Un jour dans un pays lointain.

Quand le loup rencontre le Petit Chaperon Rouge, pourquoi ne le mange-t-il pas ?

    a. Parce que les bûcherons coupent des arbres à côté.

    b. Parce qu'il n'en a pas envie.

    c. Parce qu'il veut aussi manger la grand-mère.

Pourquoi le Petit Chaperon Rouge ne reconnaît-elle pas le loup ?

   a. Parce qu'elle trouve qu'il a de grandes dents.

   b. Parce qu'il est déguisé en grand-mère.

   c. Parce qu'il la mange tout de suite.

Comment le prince retrouve-t-il Cendrillon ?

   a. Il la suit lorsqu'elle quitte le château.

   b. Ses sœurs avouent tout au prince.

   c. Elle est la seule fille du royaume à pouvoir porter la chaussure de verre.

Dans la *Belle au bois dormant*, pourquoi le roi et la reine sont-ils malheureux ?

   a. Parce qu'ils sont malades.

   b. Parce qu'ils n'ont pas d'enfants.

   c. Parce qu'ils voulaient un garçon et ils ont une fille.

Quelle est la phrase répétée par la femme de Barbe bleue à sa sœur ?

   a. Où sont nos frères ?

   b. Je ne veux pas qu'il me tue.

   c. Anne, ma sœur Anne, ne vois-tu rien venir ?

Que fait le Petit Poucet pour retrouver le chemin de la maison ?

   a. Il jette des cailloux sur le chemin.

   b. Il demande à ses frères de le ramener.

   c. Il suit les oiseaux qui ont mangé le pain.

Dans *Le chat botté*, qui est M. de Carabas ?

    a. Un ogre qui possède un château et des terres.

    b. Le fils d'un meunier.

    c. Le nom d'un chat.

Dans *Peau d'âne*, sous quelles conditions le roi peut-il se remarier après la mort de sa femme ?

    a. Il ne pourra épouser que sa fille.

    b. Il ne peut pas se remarier.

    c. Il épousera une femme plus douce et plus belle que sa première femme.

Dans *Peau d'âne*, pourquoi le prince tombe-t-il amoureux d'une fille laide ?

    a. Parce qu'il l'a vue quand elle portait de beaux habits.

    b. Parce qu'il sait que c'est la fille d'un roi.

    c. Parce qu'elle a mis une bague dans le gâteau.

7. Compléter les phrases suivantes avec les mots donnés dans la liste

aiguille – pauvre – intelligent – jardin – marient – robe – mangent – animaux – gâteau – clés – frères

a. Le père du Petit Poucet est très ...., il ne peut pas nourrir ses enfants.

b. Les ogres sont cruels, car ils .... les enfants.

c. Peau d'âne a placé sa bague dans un ....

d. Cendrillon doit porter une belle .... pour aller à la fête du prince.

e. La Belle au bois dormant est piquée par une ....

f. Barbe bleue donne les .... de sa maison à sa femme.

g. La femme de Barbe bleue est sauvée par ses ....

h. Le prince et la Belle au bois dormant se ....

i. Le chat botté est un animal très ....

j. On peut trouver une citrouille dans un ....

k. Le lion et le chat sont des ....

8. Choisir un mot de chaque colonne et former des familles de mots se rapportant au même sujet

Exemple : ogre – sorcière –méchant

Manger	Couteau	Princesse
Épée	Magnifique	Chat
Loup	Bûcheron	Riche
Jupe	Forêt	Belle
Meunier	Pauvre	Cocher
Roi	Lion	Chaussure
Élégante	Robe	Arbre
Vert	Seigneur	Hache
Argent	Repas	Avoir faim

9. Remplir la grille grâce aux définitions suivantes pour découvrir le mot secret

1. Ce dieu apparaît devant le bûcheron des *Souhaits ridicules*.

2. L'ogre du *Petit Poucet* en a sept.

3. C'est le métier du père du Petit Poucet.

4. C'est la matière des chaussures de Cendrillon.

5. Celui de Cendrillon est une citrouille.

6. C'est l'objet avec lequel la Belle au bois dormant se pique le doigt.

7. Dans *Le chat botté*, l'ogre devient deux animaux. C'est le premier de ces animaux.

8. Dans *Cendrillon*, le cocher du carrosse est un gros...

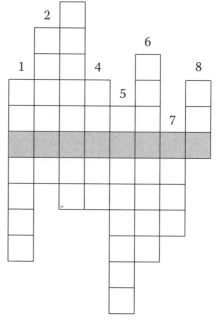

10. Choisir pour chaque mot la bonne définition

Un bûcheron, c'est une personne

   a. qui fait le pain.

   b. qui coupe des arbres dans la forêt.

   c. qui fait la guerre.

Une aiguille, c'est

   a. un objet très fin qui sert à coudre les vêtements.

   b. un objet qui sert à couper les arbres.

   c. un instrument de musique.

Un meunier, c'est une personne qui

   a. marie les gens.

   b. fait de la farine avec du blé dans un bâtiment appelé moulin.

   c. écrit des livres.

Un cocher, c'est une personne qui

   a. soigne les malades.

   b. amène les lettres chez les gens.

   c. conduit les carrosses.

Une fée, c'est une personne qui

   a. fait l'école aux élèves.

   b. a des pouvoirs extraordinaires.

   c. éteint les feux.

Une princesse, c'est

   a. la fille d'un roi et d'une reine.

   b. une personne très méchante.

   c. une personne qui dort tout le temps.

Un ogre, c'est un monsieur

    a. très cruel qui mange les enfants.

    b. très gentil qui fait des cadeaux aux enfants.

    c. très rapide, qui marche très vite.

Un lion, c'est

    a. un instrument qui sert à laver le sol.

    b. un animal qui ressemble à un gros chat et vit en Afrique.

    c. un animal petit, gris et gentil.

Un carrosse, c'est

    a. un instrument qui sert à écrire.

    b. un objet qui permet de se déplacer.

    c. un gâteau au chocolat.

Une reine, c'est

    a. une femme qui a des pouvoirs extraordinaires.

    b. une très gentille femme.

    c. la femme d'un roi.

11. Retrouver les 27 mots qui sont cachés dans cette grille (horizontalement ou verticalement)

Y	N	W	C	I	T	R	O	U	I	L	L	E	Z
B	B	M	C	O	N	T	E	A	B	P	D	U	F
E	A	C	H	A	T	E	A	U	O	F	E	E	V
L	R	M	E	U	N	I	E	R	T	G	K	L	C
L	B	S	F	I	L	L	E	G	T	B	V	F	H
E	E	N	C	O	G	R	E	D	E	B	Q	P	A
C	H	A	U	S	S	U	R	E	B	U	J	E	T
P	G	C	H	A	P	E	R	O	N	C	U	R	R
R	A	O	A	C	I	Y	B	I	E	H	P	R	L
I	L	B	O	I	S	R	L	S	E	E	I	A	R
N	E	X	O	H	A	O	E	M	J	R	T	U	E
C	T	G	B	X	T	I	U	P	E	O	E	L	I
E	T	A	I	G	U	I	L	L	E	N	R	T	N
S	E	C	A	R	R	O	S	S	E	W	H	U	E
S	Z	J	K	C	E	N	D	R	I	L	L	O	N
E	L	L	I	O	N	R	C	O	I	S	E	A	U
D	Q	A	C	O	C	H	E	R	F	R	O	B	E

12. Répondre aux questions suivantes

• Dans *Les souhaits ridicules*, quelle est la phrase que le bûcheron a prononcée avant l'apparition de Jupiter ?

• Qu'est-ce que Jupiter promet ?

• Que fait la fée pour que Cendrillon aille au bal ?

• Quel est le mauvais sort jeté à la princesse dans *La Belle au bois dormant* ?

• Comment la jeune fée sauve-t-elle la princesse ?

• Quelle est l'interdiction de Barbe bleue à sa femme ?

• Comment sait-il qu'elle n'a pas obéi ?

• Dans *Le Petit Poucet*, pourquoi les bottes de l'ogre sont-elles magiques ?

• Quel est le pouvoir magique de l'ogre dans *Le chat botté* ?

Pour aller plus loin

Le contexte de l'œuvre

Cendrillon, la Belle au bois dormant, le Petit Poucet, etc. sont les personnages des contes que Perrault a fait publier sous le nom de *Histoires ou Contes du temps passé* et *Contes de ma mère l'Oye*. Charles Perrault n'a pas inventé ces histoires, elles existaient avant lui. Un jour, il a eu l'idée de les regrouper et de les faire partager par un large public. L'histoire de Cendrillon apparaît en Chine dès le IXe siècle avant Jésus-Christ ! C'étaient des histoires traditionnelles que les parents racontaient à leurs enfants, puis à leurs petits-enfants. C'est pourquoi, on considère que Perrault a « inventé » la littérature pour enfants.

Charles Perrault a vécu en France à l'époque de Louis XIV (1638-1715). On appelait le roi Louis XIV le Grand, car il était très puissant. Il réussit à soumettre les seigneurs du pays et à augmenter son pouvoir : c'était la monarchie absolue. Il était le seul à prendre des décisions. La France était alors un pays très puissant, reconnu en Europe grâce à son armée. Le pays s'agrandit avec de nouveaux territoires. Mais les Français étaient pauvres, car les guerres coûtaient cher. De plus, les récoltes étaient parfois insuffisantes (surtout pendant l'hiver 1709) à cause du mauvais temps.

Mais pour les nobles, la vie était belle et luxueuse. Ainsi, Louis XIV fit construire le palais de Versailles. C'est un château immense et magnifique, avec de très grands jardins, situé non loin de Paris. La vie artistique était très développée. Autour du roi, on trouvait de nombreux artistes : peintres, musiciens, dramaturges et bien sûr écrivains comme Perrault. On parlait alors français dans toute l'Europe.

La querelle des Anciens et des Modernes

Une querelle est une discussion où plusieurs personnes ne sont pas d'accord sur un sujet. Perrault provoque cette querelle en 1687. Il oppose les écrivains de l'Antiquité aux écrivains de son époque et dit que ces derniers sont meilleurs. Il veut créer un genre littéraire nouveau et ne veut plus respecter la tradition et les modèles anciens. Un autre membre de l'Académie française, Nicolas Boileau (1636-1711), est de l'avis contraire. Les alliés de Charles Perrault sont des écrivains très célèbres : Jean Racine (1639-1699), Jean de La Fontaine (1621-1695) et Molière (1622-1673). Cette querelle se termine en 1694.

Les contes qu'écrit Charles Perrault témoignent de sa volonté d'être avant tout moderne et de ne pas copier les écrivains de l'Antiquité.

La langue française du XVIIᵉ siècle

Comme toutes les langues du monde, la langue française n'a pas toujours été la même. Elle existe depuis des siècles, mais elle a beaucoup changé. Le vocabulaire, mais aussi la grammaire et la syntaxe ne sont pas les mêmes aujourd'hui qu'il y a trois siècles. C'est pourquoi les textes que vous avez lus ne sont pas exactement ceux que Perrault a écrits au XVIIᵉ siècle. Ces textes ont été simplifiés et modernisés, pour que vous les compreniez. Même les Français d'aujourd'hui ne comprennent pas ce qui a été écrit il y a si longtemps ! Mais ce sont les mêmes fées, les mêmes princesses, les mêmes ogres et les

Jean Marais est le roi dans Peau d'âne
de Jacques Demy (1970).

mêmes enfants. Leurs aventures sont simplement plus faciles à lire. Et les contes commencent toujours par les mêmes mots magiques : « Il était une fois... »

Le symbolisme des contes

On rencontre très souvent les mêmes personnages dans les contes : de méchants parents, de gentilles et jolies princesses, de courageux princes charmants, des ogres qui mangent les enfants, de bonnes fées et de grands méchants loups. Perrault intéresse ainsi les enfants grâce à la peur, au mystère, au rire, au rêve et à la poésie. Une recette qui fonctionne toujours aujourd'hui.

Les contes sont en général d'abord des histoires simples destinées aux enfants. Le personnage principal cherche toujours quelque chose (à rester en vie, à sauver quelqu'un qu'il aime) ou une personne (souvent un prince ou une princesse). Il s'y passe beaucoup d'aventures et la fin est souvent heureuse. Mais on peut aussi voir autre chose dans les contes.

Il y a d'abord une moralité qui termine l'histoire. Ainsi, à la fin du *Petit Chaperon Rouge*, on lit :

> *« Faites attention, mesdemoiselles :*
> *Les loups les plus aimables*
> *Sont les plus dangereux. »*

Le message est clair. Quand on est une petite fille, il ne faut pas faire confiance aux gens qu'on ne connaît pas, même s'ils ont l'air très gentils. Il ne faut pas non plus oublier que Charles Perrault écrivait ses contes pour le roi et les seigneurs qui l'entouraient. Il devait donc respecter la morale, qui était très stricte à son époque.

La mère mourante a fait promettre au roi de n'épouser
que plus belle qu'elle. Dans tout le royaume, une seule
personne peut montrer une telle beauté, sa propre fille.
Revêtue de la peau d'un âne qu'elle a fait tuer, la princesse
désespérée s'enfuit du château. Tout le monde se moque
d'elle.
Sur cette photo tirée du film de Jacques Demy (1970),
la princesse doit supporter les rires de deux garçons de
ferme.

Mais les contes vont encore plus loin. Ils parlent indirectement de thèmes que tout le monde connaît, à toutes les époques et partout dans le monde. Ainsi, la *Belle au bois dormant* est une jeune fille de quinze ou seize ans qui dort pendant cent ans. Elle est réveillée par un prince. Ils se marient et on suppose qu'ils ont des enfants. Ce conte symbolise la période de l'adolescence avant la vie adulte. Pendant l'adolescence, on « dort » un peu comme un insecte. Puis on devient adulte, on se réveille et on devient un papillon.

De même, Cendrillon a de gros problèmes avec ses deux sœurs. Elles sont très méchantes avec elle et la traitent mal. Elle doit tout faire dans la maison, elle est mal habillée et très fatiguée. À l'opposé, ses sœurs ne font rien et reçoivent des cadeaux et de beaux habits. Perrault nous parle ici des relations difficiles qui peuvent exister entre des frères et sœurs. Cela arrive dans toutes les familles du monde.

C'est parce qu'ils traitent de thèmes universels que les contes existent depuis des siècles et plaisent toujours aux enfants (comme aux parents). C'est aussi pour cette raison que les contes intéressent les psychologues, comme par exemple Bruno Bettelheim (1903-1990) qui a écrit *La Psychanalyse des contes de fées* en 1976.

Les contes depuis Charles Perrault

Les contes sont très célèbres jusqu'à la première moitié du XVIIIe siècle. Certains auteurs écrivent alors des contes pour critiquer la société, parler de réalités historiques ou défendre des idées (le respect des droits de l'homme, la tolérance, la liberté...). Ce

Affiche du film du Petit Poucet *sorti en 2001.*

sont des contes philosophiques. Ils sont écrits pour les adultes et non pour les enfants. Les plus célèbres sont de Voltaire (1694-1778) : *Zadig ou la Destinée* en 1747, *Micromégas* en 1752 et *Candide ou l'Optimisme* en 1759. Citons aussi Diderot (1713-1784) avec *Jacques le Fataliste* écrit en 1796 et Montesquieu (1689-1755) avec les *Lettres persanes* en 1721. Les contes sont ensuite un peu oubliés en France. On les retrouve en Allemagne en 1812 avec les *Contes d'enfants et du foyer*, dont *Blanche-Neige et les Sept Nains* des frères Jacob et Wilhelm Grimm (1785-1863 et 1786-1859).

Un nouveau genre de conte naît alors : le conte fantastique. Dans le conte de fées, tout est étrange et surnaturel. Par exemple, une citrouille peut devenir un carrosse et cela n'étonne personne. Mais le monde du conte fantastique est réel. Un seul élément est surnaturel ou inexplicable. Les écrivains allemands Hoffmann (1776-1822) et Achim von Arnim (1781-1831) sont les premiers à écrire des contes fantastiques. Le plus célèbre sera l'Américain Edgar Allan Poe (1809-1849) avec *Les Aventures d'Arthur Gordon Pym* en 1837 et *Histoires extraordinaires* en 1840.

À la même époque sont publiés deux contes extrêmement célèbres : tout d'abord, en 1857, les *Nouveaux Contes de fées* de la comtesse de Ségur (1799-1874), puis, en 1883, *Les Aventures de Pinocchio* de Carlo Collodi (1826-1890).

Enfin, au XXe siècle, le conte n'est toujours pas oublié. C'est le cas en France en 1934 avec les *Contes du chat perché* de Marcel Aymé (1902-1967) et surtout en 1943 avec *Le Petit Prince* d'Antoine de Saint-Exupéry (1900-1944). Ce conte, très simple et poétique, a depuis connu un succès mondial.

L'actrice Élodie Bouchez joue dans Le Petit Poucet *d'Olivier Dahan sorti en 2001.*

La postérité des *Contes* de Perrault

Les *Contes* de Perrault ont été publiés il y a trois cents ans. Mais personne ne les a oubliés. Tous les Français connaissent l'histoire du Petit Chaperon Rouge qui rencontre le loup dans la forêt, l'histoire de Cendrillon qui va au bal avec des pantoufles de verre ou l'histoire de Barbe bleue qui veut tuer sa femme avec un grand couteau.

Les Contes *de Perrault au cinéma*
Cendrillon

Ce dessin animé en couleurs de Walt Disney datant de 1950 est l'un des plus célèbres au monde. L'adaptation n'est pas très fidèle au texte de Charles Perrault. Mais l'histoire est féerique avec un prince charmant et de magnifiques costumes.

La Belle au bois dormant

Neuf ans plus tard (en 1959), Walt Disney sort un nouveau dessin animé, qui rencontre le même succès mondial. Là aussi, l'histoire de Charles Perrault n'est pas entièrement respectée. Le prince est en effet prisonnier de la méchante fée Maleficent. Elle veut l'empêcher d'aller embrasser la princesse Aurore pour la réveiller. Mais il réussit à s'enfuir. Il doit alors se battre contre la fée, qui s'est transformée en dragon. Il gagne la bataille et peut vivre heureux et longtemps avec la princesse.

Les *Contes* de Perrault n'ont pas été adaptés qu'en dessins animés. Il existe aussi de véritables films.

Le Petit Poucet

Un premier film français est réalisé en 1972 par Michel Boisrond. Jean-Pierre Marielle joue l'ogre,

Affiche de Barbe bleue *réalisé par Christian-Jaque en 1951.*

Marie Laforêt la reine, Jean-Luc Bideau le roi et Jean-Marie Proslier l'intendant.

Le Petit Poucet inspire toujours les réalisateurs, puisqu'un deuxième film français sort en 2001. On y trouve notamment les deux actrices Catherine Deneuve et Romane Bohringer. Le film est très beau avec de magnifiques costumes et décors.

Barbe bleue

Ce conte a été adapté de nombreuses fois au cinéma. Un premier film sort en 1944 aux États-Unis. Il est réalisé par Edgar G. Ulmer. John Carradine y interprète Barbe bleue. Mais l'histoire se passe à Paris et Barbe bleue tue des jeunes filles.

En 1951, un film franco-allemand est réalisé par Christian-Jaque. Les principaux acteurs sont Cécile Aubry et Pierre Brasseur.

Enfin, Edward Dmytryk réalise en 1972 une nouvelle adaptation de ce célèbre conte. L'action se passe durant la Seconde Guerre mondiale. L'histoire et la politique se mélangent au thème du conte. Une fois de plus, c'est donc une adaptation assez libre !

Cendrillon

Cendrillon n'est pas qu'un dessin animé. C'est aussi un film américain datant de 1954. Il a été réalisé par Charles Walters avec Leslie Caron dans le rôle de la princesse. On y trouve également des danses avec les ballets de Roland Petit, un célèbre danseur et chorégraphe français. Son véritable titre est *La Pantoufle de verre*.

Peau d'âne

Jacques Demy réalise en 1970 un film français avec Catherine Deneuve dans le rôle de Peau d'âne, Jean Marais dans celui du roi, Jacques Perrin dans

Dans le film Peau d'âne de Jacques Demy, la princesse aperçoit le prince dans son miroir. Celui-ci a découvert la petite cabane où elle vit et l'épie. Il chante :

« Que l'on me pende si je n'ai pas rêvé
Je me demande si je n'ai pas trouvé
L'amour au passage
Celui qui rend fou les plus sages
J'ai bien cru reconnaître son regard
Tant de jeunesse, de grâce et de beauté
Tant de tendresse et de sérénité
Ma vie dépendra d'elle
Je n'existerai que pour elle
Il faut que m'appartienne son amour
Je n'attendais plus rien et je désespérais
Je vivais tant mal que bien quand elle m'apparaît
Plus belle qu'un ange parmi nous descendu
Je donnerais ma vie en échange
Quitte à être pendu
Il me faut la revoir je ne veux pas mourir d'amour. »

celui du prince charmant et Delphine Seyrig dans celui de la bonne fée. Ce film est une réussite absolue. Très fidèle au texte de Perrault, on y perçoit l'ambiance mystérieuse et merveilleuse des contes. Les décors et les costumes (surtout les robes de Catherine Deneuve) sont magnifiques. On y trouve de l'humour et une certaine modernité. Il ne faut surtout pas rater la fin. Une surprise très moderne vous y attend ! Enfin, Jacques Demy ajoute de merveilleuses chansons au récit. Ce réalisateur aime en effet beaucoup les comédies musicales (des films où les acteurs chantent). La plus célèbre est *Les Parapluies de Cherbourg*. Elle date de 1963 et Catherine Deneuve y joue également.

Les **Contes** *de Perrault au théâtre*

En 1884, le poète français Théodore de Banville (1823-1891) adapte l'histoire de *Riquet à la houppe* (un autre conte de Perrault) au théâtre.

Les **Contes** *de Perrault à l'opéra*

En 1866, deux écrivains français, Ludovic Halévy (1834-1908) et Henri Meilhac (1831-1897) réécrivent l'histoire de *Barbe bleue* pour l'opéra. Ils font tous les deux partie de l'Académie française, comme Charles Perrault. Le célèbre musicien Jacques Offenbach (1819-1880) écrit la musique.

Les **Contes** *de Perrault sur l'Internet*

De nombreux sites s'intéressent à Charles Perrault et à son œuvre sur l'Internet. En voici une petite sélection.

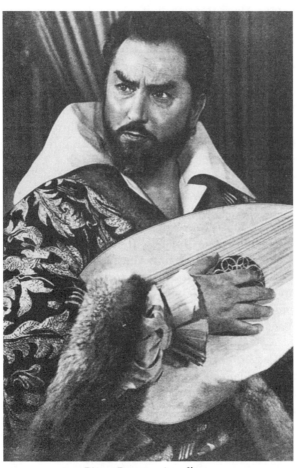

Pierre Brasseur joue l'ogre
dans le film de Christian-Jaque, Barbe bleue.

www.chez.com/feeclochette/perrault.htm

Vous trouverez sur ce site une biographie de Charles Perrault ainsi que quelques-uns de ses contes. Mais attention, ils n'ont pas été réécrits. Leur lecture peut donc vous paraître un peu difficile, puisqu'il s'agit des versions originales.

www.mythorama.com/contes/indexfr.php?article=1

Vous trouverez sur ce site quelques contes de Perrault, ainsi qu'une biographie assez courte. Mais vous pourrez également y découvrir d'autres contes (notamment *Les Mille et Une Nuits*) et un très grand choix de fables de La Fontaine.

www.geocities.com/enchantedforest/7156/

Ce site présente non seulement des contes de Perrault, mais également des frères Grimm, de l'écrivain danois Hans Christian Andersen (1805-1875) et des fables de La Fontaine. Vous y découvrirez aussi deux jeux interactifs à propos de deux contes. Il faut lire les textes, puis répondre aux questions et aux énigmes.

www.abc-lefrance.com/echanges/echpeaudane.htm

Ce site présente le conte de *Peau d'âne* et son auteur Charles Perrault. Il est intéressant parce qu'il donne aussi des informations détaillées sur le film de Jacques Demy de 1970.

Notes personnelles

Notes personnelles

Notes personnelles

Notes personnelles

Notes personnelles

Titres de la collection
dans la nouvelle version

Niveau 1 : 500 à 900 mots

Carmen, Prosper Mérimée
Les Misérables, tome 1 de Victor Hugo
Les Misérables, tome 2 de Victor Hugo
Le Tour du monde en 80 jours de Jules Verne
Les Trois Mousquetaires, tome 1 d'Alexandre Dumas
Les Trois Mousquetaires, tome 2 d'Alexandre Dumas
Contes de Perrault
Aladin et la lampe merveilleuse
Le Roman de Renart

Niveau 2 : 900 à 1 500 mots

Le Comte de Monte-Cristo, tome 1 d'Alexandre Dumas
Le Comte de Monte-Cristo, tome 2 d'Alexandre Dumas
Germinal d'Émile Zola
Les Misérables, tome 3 de Victor Hugo
Les Lettres de mon moulin d'Alphonse Daudet
Les Aventures d'Arsène Lupin de Maurice Leblanc
Notre-Dame de Paris, tome 1 de Victor Hugo
Notre-Dame de Paris, tome 2 de Victor Hugo
Cyrano de Bergerac d'Edmond Rostand
Sans famille d'Hector Malot
Le Petit Chose d'Alphonse Daudet
20 000 lieues sous les mers de Jules Verne
Cinq Contes de Guy de Maupassant
Paris

Niveau 3 : 1 500 mots et plus

Maigret tend un piège de Georges Simenon
La Tête d'un homme de Georges Simenon
Bel-Ami de Guy de Maupassant

Achevé d'imprimer en France par I.M.E
Dépôt légal n°31694 – 03/2003 – Collection n°04 - Edition n°01
15/5234/8